APOTHÉOSE.

DE L'IMPRIMERIE DE GUIRAUDET,
Rue Saint-Honoré, n° 315.

APOTHÉOSE.

Queritur peremptum nemo, quem incolumem timet.

Sen.

Par M. B.

DEUXIÈME ÉDITION.

À PARIS,

CHEZ TERRY, LIBRAIRE, PALAIS-ROYAL,

GALERIE DE BOIS, N°. 231;

ET CHEZ LES MARCHANDS DE NOUVEAUTÉS.

30 JUILLET 1821.

APOTHÉOSE.

L'univers a tremblé..... De sinistres présages
Semblent d'un grand malheur annoncer le moment.....
Des nuages épais couvrent le firmament ;
Des montagnes de glace ont fermé les passages
Que le hardi nocher franchissait autrefois ;
L'Océan se soulève , et le cri des tempêtes
          Retentit dans les bois ;
On entend du Destin la redoutable voix.....
La foudre a renversé les plus superbes têtes.....
        Qui donc encor doit succomber ?
Quel est ce fier proscrit , déchu de tant de gloire ,
       Dont le front vient de se courber
      Pour saluer l'astre de la Victoire ?

Mais le temps au volcan vient de ravir ses feux :
Ce n'est plus qu'un rocher dont la base éternelle
S'appuie au fond des mers et monte vers les cieux.
Du centre du cratère, une voix solennelle,
     Forte , égale à celle des dieux ,
    Se fait entendre aux deux bouts de la terre :
C'est l'accent imposant de l'immortalité :
Mortels , écoutez-la, brillante de clarté ;

Puissent les rois emprunter sa lumière,
Entendre, sans pâlir, la voix de vérité,
Et, frappant la licence, armer la liberté !

Quelle est cette tristesse?.... et d'où vient cette joie?
Quel avenir devant vous se déploie!....
Les uns ont-ils perdu leur frère ou leur ami ?
Pensent-ils réveiller un héros endormi?
Les autres gagnent-ils un siècle de mémoire?
Pensent-ils effacer un grand nom dans l'histoire?
Vous n'avez rien perdu, vous n'avez rien gagné :
Dans la postérité son rang est assigné ;
En vain le ver rongeur le presse et le dévore :
Son nom lui reste.....; il peut vous vaincre encore.

Depuis six ans, il n'était déjà plus :
Vos regrets, ô soldats ! sont ici superflus. (1)
Que vos plaintes soient étouffées :
Le monde a partagé le poids de vos trophées,
Et vos rangs n'étaient plus que d'imposans débris
Par le fer des combats dès long-temps appauvris.

Clio ne connaît pas d'entraves :
Sur l'impassible airain elle grave à la fois
Les revers d'un grand homme et ses fameux exploits.
Le tombeau d'un héros devient l'autel des braves :
Eh bien! près cet autel, restes d'un grand naufrage,

---

(1)   Non est auxilium flere.
OVID.

Venez vous réunir sous l'immortel ombrage
De l'immortel laurier.

L'Olympe va juger des vertus du guerrier ;
Mais, avant d'assister à cette cour céleste,
Abjurez des partis le poison trop funeste :
Rendez le ciel témoin d'un éternel serment ;
Répétez la voix qui vous crie :
D'être à jamais unis, et d'aimer constamment
Le Dieu de vos aïeux, vos Rois et la Patrie.

L'Olympe s'ouvre, et les dieux assemblés
Vont décider du sort de cet autre Alexandre.
Au récit de Clio, les juges sont troublés :
Elle a dit, et pourtant on veut encor l'entendre.
Jupiter a d'un mot entraîné les avis :
Du héros qui n'est plus il a fixé la place ;
Ses ordres sont donnés, ils vont être suivis.....
Et le guerrier bientôt aura franchi l'espace :
Les Champs Elyséens sont libres devant lui.
De l'époux de Rhéa, sollicitant l'appui,
Pour la première fois il éprouva la crainte ;
Mais..... c'était une erreur..... la haine était éteinte.

Desaix est le premier qui reçoit le héros :
Il l'amène à Voltaire,
Qui, soulevant son front, répondit par ces mots :
« Favori de la gloire il fit trembler la terre.

Les poëtes admis au vallon solitaire,
Se rassemblent auprès du chantre de Délos :

(6)

Il sommeillait encor..... Mais un noble délire
S'empare de ses sens..... il ressaisit sa lyre :
Non, non, jamais les dieux, dans leurs brillans concerts,
N'ont entendu des chants plus nobles, plus sublimes !
Cet accord de beaux vers
Eût enivré d'amour le mortel univers !
Eût refoulé l'Envie au fond de ses abîmes.
Il le montrait plus grand au milieu des revers ; (1)
Reconnaissait en lui l'ascendant du génie.....
N'en doutez pas, dit-il, c'est bien le fils d'Ajax,
Un moment il parut comme un nouvel Atlas....
Eh ! que ne pouvait pas le dieu de l'harmonie ?

Charlemagne, Henri Quatre approchent du guerrier ;
Le vaillant Frédéric lui présente un laurier ;
Louis Quatorze est auprès du vainqueur de Bovine ;
Il sourit à son tour au vainqueur du Germain ;
Et lui tendant la main,
Il ne s'informe pas quelle est son origine. (2)

« Racontez, dit Voltaire, au protégé des dieux,
Ces revers inouïs, ces faits prodigieux ;
Votre aigle triomphante aux bords du Borysthène,

---

(1) Haud est virile fortunæ terga dare.

Non..... est virtus.....
Timere vitam, sed malis ingentibus
Obstrare.
SEN.

(2) Qui sert bien son pays n'a pas besoin d'aïeux.
VOLT.

Et comment il se fait que, vivant trop d'un jour, (1)
Abandonné, trahi dans la nouvelle Athène,
Vous n'apportiez ici nul regret, nul amour? »

« Quand le Destin m'appelle en ce divin séjour,
Que les sens de la vie en mon cœur se rallument,
Je monte avec orgueil au rang des immortels :
A la bonté des dieux on dresse des autels,
Et dans leurs feux sacrés les haines se consument.

« Je ne puis l'oublier..... hélas! combien de fois,
D'Achille relisant les sublimes exploits,
J'enviai son Homère et pleurai mes défaites!
Alexandre me plut, et cet heureux vainqueur,
Qui soumettait le monde au joug de ses conquêtes,
Me rendait indomptable aux champs de la valeur;
De César triomphant j'admirai la grandeur :
Mon cœur battait d'orgueil sur les lieux de sa gloire,
Et je voulus aussi captiver la Victoire.
J'ai vu les bords du Nil et ses vastes tombeaux;
Sur le Kremlin en feu j'ai planté mes drapeaux;
J'ai vu ce Capitole où la mort d'un grand homme
Fut le premier degré de la perte de Rome;
Et, du Nord au Midi, renversant les remparts,

---

(1) Au faîte des honneurs, un vainqueur indomptable
Voit souvent ses lauriers se flétrir dans ses mains.
. . . .
. . . . combien de héros glorieux, magnanimes,
Ont vécu trop d'un jour!

J.-J. Rouss.

J'enrichissais mon peuple et protégeais les arts.
Heureux, si modérant mon trop ardent courage,
Le besoin de la paix eût été mon partage !
Si, n'humiliant point ceux qui m'ont abaissé, (1)
J'avais sur l'avenir consulté le passé! (2)

« Mais, non, je fus aveugle (3), et mon âme entraînée
Par les lois du Destin se trouvait dominée. (4)
Oui, par l'ambition trop long-temps combattu,
Je rappelais en vain ma mourante vertu :
Je n'étais plus moi-même...... Il n'était plus d'Alcide;
Mes yeux ne lançaient plus ce regard intrépide
Qui de tant de soldats rendit le bras vainqueur :
Hélas ! trop de chagrins retombaient sur mon cœur !

« Du faîte du pouvoir plongé dans l'esclavage, (5)
De l'humiliation j'ai fait l'apprentissage :

---

(1) Parcere subjectis, et debellare superbos.
Virg.

(2) Au moins il fut ingrat envers la fortune :
Nil pudet assuetos sceptris.
Luc.

(3) Tantus amor laudum, tantæ est victoria curæ!
Virg.

(4) Nescia mens hominum fati sortisque futuræ,
Et servare modum, rebus sublata secundis!
Virg.

(5) . . . . Sors omnia versat.
Virg.

Abandonné des miens , trahi par mon pays ,
J'ai vu succomber l'aigle et renaître les lis !
Sur le front d'un rocher, attaqué par l'envie ,
Dans la stérilité j'ai consumé ma vie ;
Et c'est là qu'immobile au vaste sein des mers ,
Oubliant quelquefois ma douleur trop profonde ,
Ma souffrance éternelle et mes regrets amers, (1)
Je promenai mes yeux sur la scène du monde :
Je vis l'Espagne enfin briser le fer sacré,
Et du fier tribunal fermer le gouffre immonde :
Je la vis déployer l'étendard révéré......

« La liberté renaît et plane sur la terre ,
Comme un nouveau soleil , et non moins tutélaire :
Je vois de l'Italie armer tous les remparts ,
L'ombre du grand Caton sortir du sanctuaire ,
Les enfans de Michel (2) , fuyant de toutes parts ,
    Abandonner l'arsenal des beaux-arts.

« Je vois ces fiers Brutiens qui rêvent en avance
Le prix que la patrie accorde à la vaillance ;
Assis sur des rochers „ j'aperçois des soldats

---

(1)   Omni malo, omni exitio pejor servitus.
                         PL.

. . . . . . Longi pænas fortuna favoris
Exigit à misero, quæ tanto pondere famæ
Res premit adversas, fatisque prioribus urget.
                         Luc.

(2) Michel-Ange.

S'égaler aux amis du grand Léonidas :
Spartiates nouveaux, terribles, mais tranquilles,
De Mars, nobles enfans,
Près de leurs Thermopyles
Ils seront triomphans ;
Le Germain, s'arrêtant sur les rives du Tibre,
Abaissera son front devant un peuple libre !.....

« Non..... le Destin ne le veut pas encor,
Et l'Ange des ténèbres
Vient de prendre l'essor :
Les peuples effrayés poussent des cris funèbres ;
Dans les tombes célèbres,
La cendre des héros vient de frémir d'horreur.
Grands dieux ! serait-il vrai qu'ils sont vaincus sans gloire ?
Qu'eux-mêmes, en fuyant, ont flétri leur mémoire ?
Des guerriers, sans combat, quittent le champ d'honneur !
Jamais on ne croira cette honte possible :
Car avant de céder il faut un Waterloo !
Mourir pour son pays est un destin si beau,
Que le vaincu conserve un regard invincible.

« Je les entends encor, ces coupables accens :
Quoi ! vous léguez à vos enfans,
Si près du Latium, un honteux héritage ?
Entendez-vous la voix du Tage :
« Jamais, jamais la liberté
« Au vil peuple déshérité. »
Oui, l'univers s'étonne
De tant de lâcheté.
De l'infamie élevez la colonne
Qui doit parler à la postérité,

Qui doit du fier Germain consacrer la mémoire ;
Vos enfans y liront votre affront mérité,
Ils liront dans l'histoire :
« Jamais, jamais la liberté
« Au vil peuple déshérité !
« Qu'il reste vil esclave enfermé dans ses rives ! »
Des héros d'autrefois les cendres sont captives ;
Sur le roc de Caprée un Tibère est assis :
Non, les Titus n'ont plus de fils.

« Cependant l'éclair brille..... et, laissant l'Italie,
La Liberté se lève aux champs de Thessalie ;
La Phocide est en feu, les murs de Constantin
Doivent subir encor les arrêts du Destin :
Le cruel Ottoman, enfant du Fanatisme,
Va porter en Asie un reste d'islamisme,
Le Grec est-il vainqueur ?.... (1) Heureux, si toutefois,
Pour prix de tant de sang et de tant de vaillance,
Cette terre sacrée a son indépendance !....

« Comme Homère eût parlé de ces nobles exploits !....
Hélas ! il n'en est plus de chantres magnanimes :
On n'entendra jamais de ces concerts sublimes
Qui ravissaient le monde et montaient jusqu'aux cieux,
En peuplant de héros cet empire des dieux !

« Pour moi..... je me tairai sur mes destins prospères,
Et la postérité vous dira mes misères :
La voix du monde entier m'accuse et me défend ;

---

(1) Macte novâ virtute, puer : sic itur ad astra.
VIRG.

De beaucoup de malheurs je me crois innocent.
De hauts faits parleront..... mais j'en dois le partage
Au peuple que j'aimais..... dont je perds l'héritage.
Hélas! s'il pouvait lire en mon dernier regard.....
Mais que vois-je en mourant ?.... les siècles se déroulent :
L'Europe a renversé l'indigne léopard ;
Et sous le fer vengeur ses monumens s'écroulent.
J'ai paru sur la terre..... (1) et j'y laisse mon fils.....
Au tombeau , sans le voir , il m'a fallu descendre.....!
Assez grand de mon nom... (2), qu'il songe à son pays...
Je lègue à son amour le soin de me défendre.
A l'avenir surpris ma cendre parlera !
Sur ma tombe agitée un feu divin luira. »

On peut perdre un héros , on l'outrage, on l'immole,
Mais son nom, entouré d'une vaste auréole ,
Apparaît radieux par delà tous les tems
Pour l'exemple du monde et l'effroi des méchans ,
Et léguant à la terre une longue mémoire ,
Brûle et réduit l'impie aux rayons de sa gloire.

(1) Vixi , et quem dederat cursum fortuna pere[illegible]
VIRG.

(2)   Imbellem feroces
          Progenerant aquilæ columbam.
HOR.

www.ingramcontent.com/pod-product-compliance
Lightning Source LLC
LaVergne TN
LVHW010241030726
842520LV00007B/2690